MÉLANGES
DE
LITTÉRATURE,
D'HISTOIRE,
DE PHILOSOPHIE, &c.

M. D. CC. LXI.

ENTRETIENS
D'UN
SAUVAGE ET D'UN BACHELIER.

Un gouverneur de la Cayenne amena un jour un Sauvage de la Guiane, qui était né avec beaucoup de bon sens, & qui parlait assez bien le Français. Un Bachelier de Paris eut l'honneur d'avoir avec lui cette conversation.

LE BACHELIER.

Monsieur le Sauvage, vous avez vû, sans doute, beaucoup de vos camarades qui passent leur vie tout seuls ; car on dit que c'eſt-là la véritable vie de l'homme, & que la ſociété n'eſt qu'une dépravation artificielle.

LE SAUVAGE.

Jamais je n'ai vû de ces gens-là : l'homme me paraît né pour la ſociété, comme pluſieurs eſpèces d'animaux : chaque eſpèce ſuit ſon inſtinct : nous vivons tous en ſociété chez nous.

LE BACHELIER.

Comment ? en ſociété ! vous avez donc de belles villes murées, des Rois qui tiennent une cour, des ſpectacles, des couvents, des univerſités, des bibliothèques & des cabarets ?

LE SAUVAGE.

Non ; eſt-ce que je n'ai pas oui dire que dans votre continent vous avez des Arabes, des Scythes, qui n'ont jamais rien eu de tout cela, & qui forment cependant des nations considérables ? Nous vivons comme ces gens-là. Les familles voisines se prêtent du secours. Nous habitons un pays chaud, où nous avons peu de besoins : nous nous procurons aisément la nourriture ; nous nous marions, nous faisons des enfans, nous les élevons, nous mourons. C'est comme chez vous, à quelques cérémonies près.

LE BACHELIER.

Mais, Monsieur, vous n'êtes donc pas Sauvage ?

LE SAUVAGE.

Je ne sçai pas ce que vous entendez par ce mot.

LE BACHELIER.

En vérité, ni moi non plus ; il

faut que j'y rêve ; nous appellons Sauvage un homme de mauvaiſe humeur, qui fuit la compagnie.

LE SAUVAGE.

Je vous ai déjà dit que nous vivons enſemble dans nos familles.

LE BACHELIER.

Nous appellons encore ſauvages, les bêtes qui ne ſont pas aprivoiſées, & qui s'enfoncent dans les forêts ; & de là nous avons donné le nom de Sauvage à l'homme qui vit dans les bois.

LE SAUVAGE.

Je vas dans les bois comme vous autres, quand vous chaſſez.

LE BACHELIER.

Penſez-vous quelquefois ?

LE SAUVAGE.

On ne laiſſe pas d'avoir quelques idées.

LE BACHELIER.

Je ſerais curieux de ſavoir quelles ſont vos idées : que penſez-vous de l'homme ?

LE SAUVAGE.

Je penſe que c'eſt un animal à deux pieds, qui a la faculté de raiſonner, de parler & de rire, & qui ſe ſert de ſes mains beaucoup plus adroitement que le ſinge. J'en ai vû de pluſieurs eſpèces, des blancs comme vous, des rouges comme moi, des noirs comme ceux qui ſont chez Monſieur le Gouverneur de la Cayenne. Vous avez de la barbe, nous n'en avons point ; les Négres ont de la laine, & vous & moi portons des cheveux. On dit que dans votre Nord tous les cheveux ſont blonds ; ils ſont tous noirs dans notre Amérique : je n'en ſçai guères davantage.

LE BACHELIER.

Mais, votre ame, Monſieur ? votre ame ? quelle notion en avez-vous ? d'où vous vient-elle ? qu'eſt-elle ? que fait-elle ? comment agit-elle ? où va-t-elle ?

LE SAUVAGE.

Je n'en ſçai rien ; je ne l'ai jamais vûe.

LE BACHELIER.

A propos, croyez-vous que les bêtes ſoient des machines ?

LE SAUVAGE.

Elles me paraiſſent des machines organiſées qui ont du ſentiment & de la mémoire.

LE BACHELIER.

Et vous, & vous, Monſieur le

Sauvage , qu'imaginez-vous avoir par dessus les bêtes ?

LE SAUVAGE

Une mémoire infiniment supérieure , beaucoup plus d'idées , & comme je vous l'ai déjà dit , une langue qui forme incomparablement plus de sons que la langue des bêtes , & des mains plus adroites , avec la faculté de rire qu'un grand raisonneur me fait exercer.

LE BACHELIER.

Et s'il vous plaît , comment avez-vous tout cela ? & de quelle nature est votre esprit ? Comment votre ame anime-elle votre corps ? pensez-vous toujours ? votre volonté est-elle libre ?

LE SAUVAGE.

Voilà bien des questions ; vous

me demandez comment je poſſéde ce que Dieu a daigné donner à l'homme : c'eſt comme ſi vous me demandiez comment je ſuis né ? Il faut bien, puiſque je ſuis né homme, que j'aye les choſes qui conſtituent l'homme, comme un arbre a de l'écorce, des racines, & des feuilles. Vous voulez que je ſçache de quelle nature eſt mon eſprit ; je ne me le ſuis pas donné, je ne peux le ſçavoir : comment mon ame anime mon corps ; je n'en ſuis pas mieux inſtruit. Il me ſemble qu'il faut avoir vû le premier reſſort de votre montre, pour juger comment elle marque l'heure. Vous me demandez ſi je penſe toujours ? non ; j'ai quelquefois des demie-idées, comme quand je vois des objets de loin confuſément

ment : quelquefois j'ai des idées plus fortes, comme lorſque je vois un objet de plus près, je le diſtingue mieux ; quelquefois je n'ai point d'idées du tout, comme lorſque je ferme les yeux, je ne vois rien. Vous me demandez après cela ſi ma volonté eſt libre ? Je ne vous entends point : ce ſont des choſes que vous ſçavez ſans doute ; vous me ferez plaiſir de me les expliquer.

LE BACHELIER.

Oh vraiment oui, j'ai étudié toutes ces matieres ; je pourrais vous en parler un mois de ſuite, ſans diſcontinuer, que vous n'y entendriez rien. Dites-moi un peu, connaiſſez-vous le bon & le mauvais, le juſte & l'injuſte ? ſçavez-vous quel eſt le meilleur des gouvernemens ? le meilleur culte? le droit des gens ? le droit public ? le droit civil ? le droit canon ? comment se nommaient le premier homme & la premiere femme qui ont peuplé l'Amérique ? Savez-vous à quel dessein il pleut dans la mer, & pourquoi vous n'avez point de barbe?

LE SAUVAGE.

En vérité, Monsieur, vous abusez un peu de l'aveu que j'ai fait d'avoir plus de mémoire que les animaux : j'ai peine à retrouver les questions que vous me faites. Vous parlez du bon & du mauvais, du juste & de l'injuste : il me paraît que tout ce qui vous fait plaisir sans faire tort à personne est très-bon, & très-juste ; que ce qui fait du tort aux hommes sans nous faire de plaisir est abominable ; & ce qui nous fait plaiſir en faiſant du tort aux autres eſt bon pour nous dans le moment, très-dangereux pour nous-mêmes, & très-mauvais pour autrui.

LE BACHELIER.

Et avec ces maximes-là vous vivez en ſociété ?

LE SAUVAGE.

Oui, avec nos parens & nos voiſins, ſans beaucoup de peines & de chagrins ; nous attrapons doucement notre centaine d'années ; pluſieurs même vont à cent vingt ; après quoi notre corps fertiliſe la terre dont il a été nourri.

LE BACHELIER.

Vous me paraiſſez avoir une bonne tête, je veux vous la renverſer, dinons enſemble, après quoi nous continuerons à philoſopher avec méthode.

ibid. p. 64.

SECOND ENTRETIEN.

LE SAUVAGE.

J'ai avalé des alimens qui ne me paraiſſent pas faits pour moi, quoique j'aie un très-bon eſtomac ; vous m'avez fait manger quand je n'avais plus faim, & boire quand je n'avais plus ſoif ; mes jambes ne ſont plus ſi fermes qu'elles l'étaient avant le dîner ; ma tête eſt plus peſante, mes idées ne ſont plus ſi nettes. Je n'ai jamais éprouvé cette diminution de moi-même dans mon pays. Plus on met ici dans ſon corps, & plus on perd de ſon être. Dites-moi, je vous prie, quelle eſt la cauſe de ce dommage ?

LE BACHELIER.

Je vais vous le dire. Premièrement, à l'égard de ce qui ſe paſſe dans vos jambes, je n'en ſçai rien, mais les médecins le ſavent, & vous pouvez vous adreſſer à eux. A l'égard de ce qui ſe paſſe dans votre tête, je le ſçai très-bien; écoutez. L'ame ne tenant aucune place, eſt placée dans la glande pinéale, ou dans le corps calleux au milieu de la tête. Les eſprits animaux qui s'élèvent de l'eſtomac, montent à l'ame, qu'ils ne peuvent toucher, parce qu'ils ſont matière, & qu'elle ne l'eſt pas. Or, comme ils ne peuvent agir l'un ſur l'autre, cela fait que l'ame reçoit leur impreſſion; & comme elle eſt ſimple, & que par conſéquent elle ne peut éprouver aucun changement, cela fait qu'elle change, qu'elle devient pesante, engourdie quand on a trop mangé ; de-là vient que plusieurs grands hommes dorment après dîner.

LE SAUVAGE.

Ce que vous me dites me paraît bien ingénieux & bien profond ; faites-moi la grace de m'en donner quelque explication qui soit à ma portée.

LE BACHELIER.

Je vous ai dit tout ce qui se peut dire sur cette grande affaire ; mais en votre faveur je vais un peu m'étendre : allons par degrés ; sçavez-vous que ce monde-ci est le meilleur des mondes possibles ?

LE SAUVAGE.

Comment ? il est impossible à l'être infini de faire quelque chose de mieux que ce que nous voyons ?

LE BACHELIER.

Aſſurément, & ce que nous voyons eſt ce qu'il y a de mieux. Il eſt bien vrai que les hommes ſe pillent & s'égorgent ; mais c'eſt toujours en faiſant l'éloge de l'équité & de la douceur. On maſſacra autrefois une douzaine de millions de vous autres Américains ; mais c'était pour rendre les autres raiſonnables. Un calculateur a vérifié que depuis une certaine guerre de Troye que vous ne connaiſſez pas, jusqu'à celle de l'Acadie que vous connaiſſez, on a tué au moins en batailles rangées, cinq cent cinquante-cinq million ſix cent cinquante mille hommes, ſans compter les petits enfans & les femmes écraſées dans des villes miſes en cendres ; mais c'eſt pour le bien public : quatre ou cinq mille maladies cruelles auxquelles les hommes ſont ſujets, font connaître le prix de la ſanté ; & les crimes dont la terre eſt couverte, relevent merveilleuſement le mérite de hommes pieux, du nombre deſquels je ſuis. Vous voyez que tout cela va le mieux du monde, du moins pour moi.

Or les choſes ne pourraient être dans cette perfection, ſi l'ame n'était pas dans la glande pinéale. Car... Mais allons pied à pied ; quelle idée avez-vous des loix, & du juſte & de l'injuſte, & du beau & du *to Kalon*, comme dit Platon ?

LE SAUVAGE.

Mais, Monſieur, en allant pied à pied, vous me parlez de cent choſes à la fois.

LE BACHELIER.

On ne parle pas autrement en converſation. Ça, dites-moi, qui a fait les loix dans votre pays?

LE SAUVAGE.

L'intérêt public.

LE BACHELIER.

Ce mot dit beaucoup; nous n'en connaiſſons pas de plus énergique : comment l'entendez-vous, s'il vous plait?

LE SAUVAGE.

J'entends que ceux qui avaient des cocotiers, & du maïs, ont défendu aux autres d'y toucher, & que ceux qui n'en avaient point ont été obligés de travailler pour avoir le droit d'en manger une partie. Tout ce que j'ai vû dans notre pays & dans le vôtre, m'apprend qu'il n'y a pas d'autre *esprit des loix*.

LE BACHELIER.

Mais les femmes, Monsieur le Sauvage, les femmes?

LE SAUVAGE.

Eh bien, les femmes! elles me plaisent beaucoup quand elles sont belles & douces : elles sont fort supérieures à nos cocotiers, c'est un fruit où nous ne voulons pas que les autres touchent : on n'a pas plus de droit de me prendre ma femme, que de me prendre mon enfant. Il y a, dit-on, des peuples qui le trouvent bon; ils sont bien les maîtres, chacun fait de son bien ce qu'il veut.

LE BACHELIER.

Mais, les successions, les partages, les hoirs, les collateraux?

LE SAUVAGE.

Il faut bien ſuccèder : je ne peux plus poſſéder mon champ quand on m'y a enterré ; je le laiſſe à mon fils : ſi j'en ai deux, ils le partagent. J'apprends que parmi vous autres, en beaucoup d'endroits, vos loix laiſſent tout à l'aîné, & rien aux cadets ; c'eſt l'intérêt qui a dicté cette loi bizarre : apparemment les aînés l'ont faite, ou les pères ont voulu que les aînés dominaſſent.

LE BACHELIER.

Quelles ſont à votre avis les meilleures loix ?

LE SAUVAGE.

Celles où l'on a le plus conſulté l'intérêt de tous les hommes mes ſemblables.

LE BACHELIER.

Et où trouve-t-on de pareilles loix ?

LE SAUVAGE.

Nulle part, à ce que j'ai oui dire.

LE BACHELIER.

Il faut que vous me disiez d'où sont venus chez vous les hommes ? Qui croit-on qui ait peuplé l'Amérique ?

LE SAUVAGE.

Mais nous croyons que c'est Dieu qui l'a peuplée.

LE BACHELIER.

Ce n'est pas répondre. Je vous demande de quel pays sont venus vos premiers hommes ?

LE SAUVAGE.

Du pays d'où sont venus nos premiers arbres. Vous me paraissez plaisants, vous autres Messieurs les habitants de l'Europe, de prétendre que nous ne pouvons rien avoir sans vous ; nous sommes tout autant en droit de croire que nous sommes vos pères, que vous de vous imaginer que vous êtes les nôtres.

LE BACHELIER.

Voilà un Sauvage bien têtu.

LE SAUVAGE.

Voilà un Bachelier bien bavard.

LE BACHELIER.

Holà, eh, Monsieur le Sauvage, encore un petit mot, croyez-vous dans la Guiane qu'il faille tuer les gens qui ne sont pas de votre avis?

LE SAUVAGE.

Oui, pourvû qu'on les mange.

LE BACHELIER.

Vous faites le plaiſant. Et la Conſtitution, qu'en penſez-vous?

LE SAUVAGE.

Adieu.

ENTRETIEN

D'ARISTE ET D'ACROTAL.

ACROTAL.

Le bon temps que c'étoit quand les Ecoliers de l'Université, qui avaient tous barbe au menton, assommèrent le vilain Mathématicien *Ramus*, & traînèrent son corps nud & sanglant à la porte de tous les collèges pour faire amende honorable !

ARISTE.

Ce *Ramus* était donc un homme bien abominable, il avait fait des crimes bien énormes ?

ACROTAL.

Assurément : il avait écrit contre *Aristote*, & on le soupçonnait de pis. C'est dommage qu'on n'ait pas assommé aussi ce *Charon*, qui s'avisa d'écrire de la sagesse, & ce *Montagne* qui osait raisonner & plaisanter. Tous les gens qui raisonnent sont la peste d'un Etat.

ARISTE.

Les gens qui raisonnent mal peuvent être insupportables ; je ne vois pourtant pas qu'on doive pendre un pauvre homme pour quelques faux syllogismes ; mais il me semble que les hommes dont vous me parlez raisonnaient assez bien.

ACROTAL.

Tant pis, c'est ce qui les rend plus dangereux.

ARISTE.

ARISTE.

En quoi donc, s'il vous plaît? Avez-vous jamais vû des Philosophes apporter dans un pays la guerre, la famine, ou la peste? *Bayle*, par exemple, contre qui vous déclamez avec tant d'emportement, a-t-il jamais voulu crever les digues de la Hollande, pour noyer les habitans, comme le voulait, dit-on, un grand Ministre qui n'était pas Philosophe?

ACROTAL.

Plût à Dieu que ce *Bayle* se fût noyé, ainsi que ses Hollandais hérétiques! A-t-on jamais vû un plus abominable homme? il expose les choses avec une fidélité si odieuse, il met sous les yeux le pour & le contre avec une impartialité si lâche, il est d'une clarté si intolérable, qu'il met les gens qui n'ont que le ſens commun en état de juger, & même de douter ; on n'y peut pas tenir ; & pour moi j'avoue que j'entre dans une ſainte fureur quand on parle de cet homme-là, & de ſes ſemblables.

ARISTE.

Je ne crois pas qu'ils ayent jamais prétendu vous mettre en colère . . . . mais où courez-vous donc ſi vîte ?

ACROTAL.

Chez Monſignor *Bardo bardi*. Il y a deux jours que je demande audience, mais il eſt tantôt avec ſon page, tantôt avec la Signora *Buona roba*, je n'ai pû encore avoir l'honneur de lui parler.

ARISTE.

Il eſt actuellement à l'opéra.

Qu'avez-vous donc de ſi preſſé à lui dire ?

ACROTAL.

Je voulais le prier d'interpoſer ſon crédit pour faire brûler un petit abbé qui inſinue parmi nous les ſentimens de *Locke*, d'un philoſophe Anglais ! figurez-vous quelle horreur.

ARISTE.

Eh ! quels ſont donc, s'il vous plaît, les ſentimens horribles de cet Anglais ?

ACROTAL.

Que ſçai-je ! c'eſt, par exemple, que nous ne nous donnons point nos idées ; que Dieu qui eſt le maître de tout, peut accorder des ſenſations & des idées à tel être qu'il daignera choiſir ; que nous ne connaiſſons ni l'eſſence, ni les élémens de la matiere ; que les hommes ne pensent pas toujours ; qu'un homme bien yvre qui s'endort n'a pas des idées nettes dans son sommeil ; & cent autres impertinences de cette force.

ARISTE.

Eh bien, si votre petit abbé disciple de *Locke* est assez mal avisé pour ne pas croire qu'un yvrogne endormi pense beaucoup, faut-il pour cela le persécuter ? quel mal a-t-il fait ? a-t-il conspiré contre l'Etat, a-t-il prêché en chaire le vol, la calomnie, l'homicide ? Entre nous, dites-moi, si jamais un philosophe a causé le moindre trouble dans la société ?

ACROTAL.

Jamais, je l'avoue.

ARISTE.

Ne sont-ils pas pour la plupart des

ſolitaires ? Ne ſont-ils pas pauvres, ſans protection, ſans appui ? Et n'eſt-ce pas en partie pour ces raiſons que vous les perſécutez, parce que vous croyez pouvoir les opprimer facilement ?

ACROTAL.

Il eſt vrai qu'autrefois il n'y avait guères dans cette ſecte que des citoyens ſans crédit, des *Socrates*, des *Pomponaces*, des *Eraſmes*, des *Bayles*, des *Deſcartes* ; mais à préſent la philoſophie eſt montée ſur les tribunaux, & ſur les trônes mêmes ; on ſe pique partout de raiſon, excepté dans certains pays, où nous y avons mis bon ordre. C'eſt-là ce qui eſt vraiment funeſte ; & c'eſt pourquoi nous tâchons d'exterminer au moins les philoſophes qui n'ont ni fortune, ni puiſſance, ni honneurs dans ce monde, ne pouvant nous venger de ceux qui en ont.

ARISTE.

Vous venger ! & de quoi, s'il vous plaît ? Ces pauvres gens-là vous ont-ils jamais diſputé vos emplois, vos prérogatives, vos tréſors ?

ACROTAL.

Non, mais ils nous mépriſent, puiſqu'il faut tout dire ; ils ſe moquent quelquefois de nous, & nous ne pardonnons jamais.

ARISTE.

S'ils ſe moquent de vous, cela n'eſt pas bien ; il ne faut ſe moquer de perſonne : mais dites-moi, je vous prie, pourquoi n'a-t-on jamais raillé les loix & la magiſtrature dans aucun pays ; tandis qu'on vous raille vous autres ſi impitoyablement, à ce que vous dites.

ACROTAL.

Vraiment c'eſt ce qui échauſſe notre bile : car nous ſommes bien au-deſſus des loix.

ARISTE.

Et c'eſt juſtement ce qui fait que tant d'honnêtes gens vous ont tournés en ridicule. Vous vouliez que les loix fondées ſur la raiſon univerſelle, & nommées par les Grecs les filles du ciel, cédaſſent à je ne ſçai quelles opinions que le caprice enfante, & qu'il détruit de même. Ne ſentez-vous pas que ce qui eſt juſte, clair, évident, eſt éternellement reſpecté de tout le monde, & que des chimères ne peuvent pas toujours s'attirer la même vénération ?

ACROTAL.

Laiſſons-là les loix & les juges; ne ſongeons qu'aux Philoſophes ; il eſt certain qu'ils ont dit autrefois autant de ſottiſes que nous ; ainſi nous devons nous élever contr'eux , quand ce ne ſerait que par jalouſie de métier.

ARISTE.

Pluſieurs ont dit des ſottiſes, ſans doute , puiſqu'ils ſont hommes ; mais leurs chimères n'ont jamais allumé de guerres civiles, & les vôtres en ont cauſé plus d'une.

ACROTAL.

Et c'eſt en quoi nous ſommes admirables. Y a-t-il rien de plus beau que d'avoir troublé l'univers avec quelques argumens? Ne reſſemblons-nous pas à ces anciens enchanteurs qui excitaient des tempêtes avec des paroles

paroles ? Nous ſerions les maîtres du monde, ſans ces coquins de gens d'eſprit.

ARISTE.

Eh bien, dites-leur, ſi vous voulez, qu'ils n'en ont point; prouvez-leur qu'ils raiſonnent mal : ils vous ont donné des ridicules, que ne leur en donnez-vous ? Mais je vous demande grace pour ce pauvre diſciple de *Locke* que vous vouliez faire bruler; M. le Docteur ne voyez-vous pas que cela n'eſt plus à la mode ?

ACROTAL.

Vous avez raiſon ; il faut trouver quelqu'autre manière nouvelle d'impoſer ſilence aux petits Philoſophes.

ARISTE.

Croyez-moi, gardez le ſilence

vous-même, ne vous mêlez plus de raisonner, soyez honnêtes gens, soyez compâtissans, ne cherchez point à trouver le mal où il n'est pas; & il cessera d'être où il est.

HISTOIRE
D'UN
BON BRAMIN.

JE rencontrai dans mes voyages un vieux Bramin, homme fort ſage, plein d'eſprit, & très-ſçavant ; de plus il était riche, & partant il en étoit plus ſage encore ; car ne manquant de rien, il n'avait beſoin de tromper perſonne. Sa famille était très-bien gouvernée par trois belles femmes qui s'étudiaient à lui plaire : & quand il ne s'amuſait pas avec ſes femmes, il s'occupait à philoſopher.

Près de ſa maiſon, qui était belle,

ornée, & accompagnée de jardins charmans, demeurait une vieille Indienne, bigote, imbécille, & assez pauvre.

Le Bramin me dit un jour, je voudrais n'être jamais né. Je lui demandai pourquoi? Il me répondit : j'étudie depuis quarante ans, ce sont quarante années de perdues ; j'enseigne les autres, & j'ignore tout ; cet état porte dans mon ame tant d'humiliation & de dégoût, que la vie m'est insupportable : je suis né, je vis dans le temps, & je ne sçai pas ce que c'est que le temps : je me trouve dans un point entre deux éternités, comme disent nos sages, & je n'ai nulle idée de l'éternité : je suis composé de matière : je pense ; je n'ai jamais pû m'instruire de ce qui produit la penſée : j'ignore ſi mon entendement eſt en moi une ſimple faculté, comme celle de marcher, de digérer, & ſi je penſe avec ma tête, comme je prends avec mes mains. Non-ſeulement le principe de ma penſée m'eſt inconnu, mais le principe de mes mouvemens m'eſt également caché : je ne ſçai pourquoi j'exiſte ; cependant, on me fait chaque jour des queſtions ſur tous ces points, il faut répondre ; je n'ai rien de bon à dire ; je parle beaucoup, & je demeure confus & honteux de moi-même après avoir parlé.

C'eſt bien pis quand on me demande *Brama* a été produit par *Vitſnou*, ou s'ils ſont tous deux éternels. Dieu m'eſt témoins que je n'en ſais pas un mot, & il y paraît bien à mes réponſes. Ah ! mon révérend père, me dit-on, apprenez-nous comment le mal inonde toute la terre. Je ſuis auſſi en peine que ceux qui me font cette queſtion : je leur dis quelquefois que tout eſt le mieux du monde ; mais ceux qui ont la gravelle, ceux qui ont été ruinés & mutilés à la guerre, n'en croyent rien, ni moi non plus : je me retire chez-moi accablé de ma curioſité & de mon ignorance. Je lis nos anciens livres, & ils redoublent mes ténèbres. Je parle à mes compagnons ; les uns me répondent qu'il faut jouir de la vie, & ſe moquer des hommes ; les autres croyent ſçavoir quelque choſe, & ſe perdent dans des idées extravagantes ; tout augmente le ſentiment douloureux que j'éprouve. Je ſuis prêt quelquefois de tomber dans le deſeſpoir, quand je ſonge qu'après toutes mes recherches je ne ſçai ni d'où je viens, ni ce que je ſuis, ni où j'irai, ni ce que je deviendrai.

L'état de ce bon homme me fit une vraie peine; perſonne n'était ni plus raiſonnable, ni de meilleure foi que lui. Je conçus que plus il avait de lumières dans ſon entendement, & de ſenſibilité dans ſon cœur, plus il était malheureux.

Je vis le même jour la vieille femme qui demeurait dans ſon voiſinage: je lui demandai ſi elle avait jamais été affligée de ne ſçavoir pas comment ſon ame était faite? Elle ne comprit ſeulement pas ma queſtion: elle n'avait jamais réfléchi un ſeul moment de ſa vie ſur un ſeul des points qui tourmentaient le Bramin : elle croyait aux métamorphoses de *Vistnou* de tout son cœur ; & pourvû qu'elle pû avoir quelquefois de l'eau du Gange pour se laver, elle se croyait la plus heureuse des femmes.

Frappé du bonheur de cette pauvre créature, je revins à mon philosophe, & je lui dis : N'êtes-vous pas honteux d'être malheureux, dans le temps qu'à votre porte il y a un vieil automate qui ne pense à rien, & qui vit content ? Vous avez raison, me répondit-il ; je me suis dit cent fois que je serais heureux si j'étais aussi sot que ma voisine : & cependant je ne voudrais pas d'un tel bonheur.

Cette réponse de bon Bramin me fit une plus grande impression que tout

tout le reſte, je m'examinai moi-même, & je vis qu'en effet je n'aurais pas voulu être heureux, à condition d'être imbécille.

Je propoſai la choſe à des Philoſophes, & ils furent de mon avis. Il y a pourtant, diſais-je, une furieuſe contradiction dans cette façon de penſer : car enfin, de quoi s'agit-il ? d'être heureux. Qu'importe d'avoir de l'eſprit, ou d'être ſot ? Il y a bien plus : ceux qui ſont contens de leur être, ſont bien ſûrs d'être contens ; ceux qui raiſonnent ne ſont pas ſi ſûrs de bien raiſonner. Il eſt donc clair, diſais-je, qu'il faudrait choiſir de n'avoir pas le ſens commun, pour peu que ce ſens commun contribue à notre mal-être. Tout le monde fut de mon avis, & cependant je ne trouvaî perſonne qui voulût accepter le marché de devenir imbécille pour devenir content. De-là je conclus que ſi nous faiſons cas du bonheur, nous faiſons encore plus de cas de la raiſon.

Mais après y avoir réfléchi, il paraît que de préférer la raiſon à la félicité, c'eſt être très-inſenſé. Comment donc cette contradiction peut-elle s'expliquer ? Comme toutes les autres. Il y a là de quoi parler beaucoup.

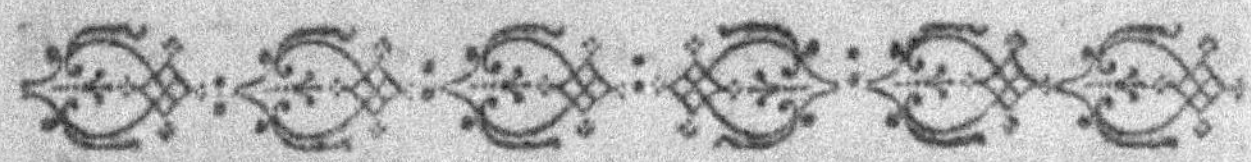

DES ALLEGORIES.

UN jour *Jupiter*, *Neptune* & *Mercure* voyageant en Thrace, entrèrent chez un certain Roi nommé *Hyrieüs*, qui leur fit fort bonne chère. Les trois Dieux après avoir bien dîné, lui demanderent s'ils pouvaient lui être bons à quelque chose ? Le bon homme qui ne pouvait plus avoir d'enfans, leur dit qu'il leur serait bien obligé s'ils voulaient lui faire un garçon. Les trois Dieux se mirent à pisser sur le cuir d'un bœuf tout frais écorché ; de-là nâquit *Orion*, dont on fit une constellation, connue dans la plus haute antiquité. Cette conſtellation était nommée du nom d'*Orion* par les anciens Caldéens, le livre de *Job* en parle. Mais, après tout on ne voit pas comment l'urine de trois Dieux a pû produire un garçon. Il eſt difficile que les *Dacier* & les *Saumaiſe* trouvent dans cette belle hiſtoire une allégorie raiſonnable, à moins qu'il n'en inferent que rien n'eſt impoſſible aux Dieux, puiſqu'ils font des enfans en piſſant.

Il y avoit en Grèce deux jeunes garnemens, à qui un Oracle dit qu'ils ſe gardaſſent du *Mélampige* : un jour *Hercule* les prit, les attacha par les pieds au bout de ſa maſſue, ſuſpendus tous deux le long de ſon dos, la tête en bas comme une paire de lapins. Ils virent le derrière d'*Hercule.*

Mélampige ſignifie *Cu noir*. Ah, dirent-ils, l'oracle eſt accompli, voici *Cu noir*. *Hercule* ſe mit à rire, & les laiſſa aller. Les *Saumaiſe* & les *Dacier*, encore une fois auront beau faire, ils ne pourront guères réuſſir à tirer un ſens moral de ces fables.

Parmi les pères de la Mythologie il y eut des gens qui n'eurent que de l'imagination; mais la plûpart mêlèrent à cette imagination beaucoup d'eſprit. Toutes nos Académies & tous nos faiſeurs de deviſes, ceux mêmes qui compoſent les légendes pour les jettons du tréſor royal, ne trouveront jamais d'allégories plus vraies, plus agréables, plus ingénieuſes que celle des neuf Muſes, de Vénus, des Graces, de l'Amour, & de tant d'autres qui feront les délices & l'inftruction de tous les fiècles, ainfi qu'on l'a déjà remarqué ailleurs.

Il faut avouer que l'antiquité s'expliqua prefque toujours en allégories. Les premiers Pères de l'Eglife, qui pour la plûpart étaient Platoniciens, imiterent cette méthode de *Platon*. Il eft vrai qu'on leur reproche d'avoir pouffé quelquefois un peu trop loin ce goût des allégories & des allufions.

Saint Juftin dit dans fon apologétique, que le figne de la croix eft marqué fur les membres de l'homme; que quand il étend les bras, c'eft une croix parfaite, & que le nez forme une croix fur le vifage.

Selon *Origène* dans fon explication du Lévitique, la graiffe des victimes ſignifie l'Egliſe., & la queue eſt le ſymbole de la perſévérance.

Saint Auguſtin dans ſon ſermon ſur la différence & l'accord des deux généalogies, explique à ſes auditeurs, pourquoi *Saint Mathieu*, en comptant quarante-deux quartiers, n'en rapporte cependant que quarante & un. C'eſt, dit-il, qu'il faut compter *Jéconias* deux fois, parce que *Jéconias* alla de Jéruſalem à Babylone. Or ce voyage eſt la pierre angulaire; & ſi la pierre angulaire eſt la première du côté d'un mur, elle eſt auſſi la première du côté de l'autre mur: on peut compter deux fois cette pierre; ainſi on peut compter deux fois *Jéconias*. Il ajoute qu'il ne faut s'arrêter qu'au nombre de quarante, dans les quarante-deux générations, parce que ce nombre de quarante signifie la vie. Le nombre *dix* figure la béatitude, & le nombre *dix* multiplié par quatre, qui représente les quatre élémens & les quatre saisons, produit quarante.

Les dimensions de la matière ont, dans son cinquante-troisième sermon, d'étonnantes proprietés. La largeur est la dilatation du cœur; la longueur la longanimité; la hauteur l'espérance, la profondeur la foi. Ainsi outre cette allégorie, on compte quatre dimensions de la matière, au lieu de trois.

Il est clair & indubitable, dit-il, dans son sermon sur le Pseaume six, que le nombre de quatre figure le corps humain, à cause des quatre élémens & des quatre qualités du

chaud,

chaud, du froid, du ſec & de l'humide; & comme quatre ſe rapportent au corps, trois ſe rapportent à l'ame, parce qu'il faut aimer Dieu d'un triple amour, de tout notre cœur, de toute notre ame, & de tout notre eſprit. *Quatre* ont rapport au Vieux Teſtament, & *trois* au Nouveau. Quatre & trois font le nombre de ſept jours, & le huitiéme eſt celui du Jugement.

On ne peut diſſimuler qu'il régne dans ces allégories une affectation peu convenable à la véritable éloquence. Les Pères qui employent quelquefois ces figures, écrivaient dans un tems & dans des pays où presque tous les arts dégéneraient, leur beau génie & leur érudition ſe pliaient aux imperfections de leur ſiécle ; & *Saint Auguſtin* n'en eſt pas moins reſpectable, pour avoir payé ce tribut au mauvais goût de l'Afrique & du quatriéme ſiécle.

Ces défauts ne défigurent point aujourd'hui les diſcours de nos prédicateurs. Ce n'eſt pas qu'on oſe les préférer aux Pères ; mais le ſiécle préſent eſt préférable aux ſiécles dans leſquels les Pères écrivaient. L'éloquence qui ſe corrompit de plus en plus, & qui ne s'eſt rétablie que dans nos derniers temps, tomba après eux dans de bien plus grands excès ; on ne parla que ridiculement chez tous les peuples barbares juſqu'au ſiécle de *Louis XIV*. Voyez tous les anciens ſermonaires, ils ſont fort au-deſſous des piéces dramatiques de la paſſion qu'on jouait à l'hôtel de Bourgogne. Mais dans ces ſermons barbares, vous retrouvez toujours le goût de l'allégorie, qui ne s'eſt jamais perdu. Le fameux *Menot*, qui vivait ſous *François premier*, a fait le plus d'honneur au ſtyle allégorique. Meſſieurs de la Juſtice, dit-il, ſont comme un chat à qui on aurait commis la garde d'un fromage, de peur qu'il ne ſoit rongé des ſouris ; un ſeul coup de dent du chat fera plus de tort au fromage, que vingt ſouris ne pourraient en faire.

Voici un autre endroit aſſez curieux : les bucherons dans une forêt coupent de groſſes & de petites branches, & en font des fagots ; ainſi nos Eccléſiaſtiques avec des diſpenſes de Rome entaſſent gros & petits bénéfices. Le chapeau de Cardinal eſt lardé d'Evêchés, les Evêchés lardés d'Abbayes & de Prieurés, & le tout lardé de Diables. Il faut que tous ces biens de l'Egliſe paſſent par les trois Cordeliéres de l'*Ave Maria.* Car le *benedicta tu* ſont groſſes abbayes de Bénédictins, *in mulieribus*, c'eſt Monſieur & Madame, & *fructus ventris* ce ſont banquets & goinfreries.

Les ſermons de *Barlet* & de *Maillard* ſont tous faits ſur ce modéle; ils étaient prononcés moitié en mauvais Latin, moitié en mauvais Français; les ſermons en Italie étaient dans le même goût. C'était encore pis en Allemagne; de ce mélange monſtrueux nâquit le ſtyle macaronique, c'eſt le chef-d'œuvre de la barbarie. Cette espèce d'éloquence digne des Hurons & des Iroquois s'est maintenue jusques sous *Louis XIII*. Le Jésuite *Garasse*, un des hommes les plus signalés parmi les ennemis du sens commun, ne prêcha jamais autrement. Il comparaît le célèbre *Théophile* à un veau, parce que *Viaud* était le nom de famille de *Théophile*; mais d'un veau, dit-il, la chair est bonne à rôtir & à bouillir, & la tienne n'est bonne qu'à brûler.

Il y a loin de toutes ces allégories employées par nos barbares à celles d'*Homère*, de *Virgile* & d'*Ovide*, & tout cela prouve que s'il reste encore quelques Goths & quelques Vandales qui méprisent les fables anciennes, ils n'ont pas absolument raison.

ibid. tome 41.
p. 449.

DU

POLITÉISME.

A pluralité des Dieux est le grand reproche dont on accable aujourd'hui les Romains & les Grecs : mais qu'on me montre dans toutes leurs histoires un seul fait, & dans tous leurs livres un seul mot, dont on puisse inférer qu'ils avaient plusieurs Dieux suprêmes : & si on ne trouve ni ce fait, ni ce mot ; si au contraire tout est plein de monumens & de passages qui attestent un Dieu souverain, supérieur à tous les autres Dieux ; avouons que nous avons jugé les

anciens aussi témérairement que nous jugeons souvent nos contemporains.

On lit en mille endroits que *Zeus*, *Jupiter*, est le Maître des Dieux & des hommes. *Jovis omnia plena.* Et *Saint Paul* rend aux anciens ce témoignage : *In ipso vivimus, movemur & sumus ut quidam vestrorum Poetarum dixit. Nous avons en Dieu la vie, le mouvement & l'être, comme l'a dit un de vos Poëtes.* Après cet aveu, oserons-nous accuser toujours nos maîtres de n'avoir pas reconnu un Dieu suprême ?

Il ne s'agit pas ici d'examiner s'il y avait eu autrefois un *Jupiter* Roi de Crête, si on en avait fait un Dieu; si les Egyptiens avaient douze grands Dieux, ou huit, du nombre desquels était celui que les Latins ont nommé *Jupiter*. Le nœud de la queſtion eſt uniquement ici de ſçavoir ſi les Grecs & les Romains reconnaiſſaient un être céleſte, maître des autres êtres céleſtes. Ils le diſent ſans ceſſe, il faut donc les croire.

Voyez l'admirable Lettre du Philoſophe *Maxime* de Madaure à *St. Auguſtin. Il y a un Dieu ſans commencement ; père commun de tout, & qui n'a jamais rien engendré de ſemblable à lui ; quel homme eſt aſſez ſtupide & aſſez groſſier pour en douter ?* Ce payen du quatrième ſiècle dépoſe ainſi pour toute l'antiquité.

Si je voulais lever le voile des miſtères d'Egypte, je trouverais le *Knef*, qui a tout produit, & qui préſide à toutes les autres Divinités ; je trouverais *Mitra* chez les Perſes,

Brama chez les Indiens ; & peut-être je ferais voir que toute nation policée admettait un Etre ſuprême avec des Divinités dépendantes. Je ne parle pas des Chinois, dont le gouvernement, le plus reſpectable de tous, n'a jamais reconnu qu'un Dieu unique depuis plus de quatre mille ans. Mais tenons-nous-en aux Grecs & aux Romains, qui ſont ici l'objet de mes recherches ; ils eurent mille ſuperſtitions ; qui en doute ? Ils adopterent des fables ridicules ; on le ſçait bien ; & j'ajoute qu'ils s'en mocquaient eux-mêmes. Mais le fond de leur mithologie était très-raiſonnable.

Premierement, que les Grecs ayent placé dans le ciel des héros pour prix de leurs vertus, c'eſt l'acte de religion le plus ſage & le plus utile. Quelle plus belle récompenſe pouvoit-on leur donner ? & quelle plus belle eſpérance pouvait-on propoſer ? eſt-ce à nous de le trouver mauvais ? à nous, qui éclairés par la vérité, avons ſaintement conſacré cet uſage que les anciens imaginerent ? Nous avons cent fois plus de bienheureux, à l'honneur de qui nous avons élevé des temples, que les Grecs & les Romains n'ont eu de héros & de demi-Dieux : la différence eſt qu'ils accordaient l'apothéoſe aux actions les plus éclatantes, & nous aux vertus les plus modeſtes. Mais leurs héros diviniſés ne partageaient point le trône de *Zeus*, de *Demiurgos*, du Maître éternel ; ils étaient admis dans ſa cour, ils jouiſſaient de ſes faveurs.

Qu'y a-t-il à cela de déraiſonnable? n'eſt-ce pas une ombre faible de notre hiérarchie céleſte ? Rien n'eſt d'une morale plus ſalutaire, & la choſe n'eſt pas phyſiquement impoſſible par elle-même; il n'y a pas là de quoi ſe moquer des nations de qui nous tenons notre alphabet.

Le ſecond objet de nos reproches eſt la multitude des Dieux admis au gouvernement du monde ; c'eſt *Neptune* qui préſide à la mer, *Junon* à l'air, *Eole* aux vents, *Pluton* ou *Veſta* à la terre, *Mars* aux armées. Mettons à quartier les généalogies de tous ces Dieux, auſſi fauſſes que celles qu'on imprime tous les jours des hommes ; paſſons condamnation ſur toutes leurs aventures dignes des mille & une nuit ; aventures qui jamais ne firent le fonds de la religion Grecque & Romaine ; en bonne-foi , où sera la bêtise d'avoir adopté des êtres du second ordre , lesquels ont quelque pouvoir sur nous autres qui sommes peut-être du cent-milliéme ordre ? Y a-t-il là une mauvaise philosophie , une mauvaise physique ? n'avons-nous pas neuf chœurs d'esprits célestes plus anciens que l'homme? ces neuf chœurs n'ont-ils pas chacun un nom différent ? les Juifs n'ont-ils pas pris la plûpart de ces noms chez les Persans ? plusieurs anges n'ont-ils pas leurs fonctions assignées ? Il y avait un ange exterminateur qui combattait pour les Juifs ; l'ange des voyageurs qui conduisait *Tobie*. *Michaël* était l'ange particulier des Hébreux ; selon

Daniel, il combat l'ange des Perſes, il parle à l'ange des Grecs. Un ange d'un ordre inférieur rend compte à *Michaël* dans le livre de *Zacharie*, de l'état où il avait trouvé la terre. Chaque nation avait ſon ange. La verſion des Septantes dit dans le Deuteronome que le Seigneur fit le partage des nations ſuivant le nombre des anges. *Saint Paul* dans les Actes des Apôtres parle à l'ange de la Macédoine. Ces eſprits céleſtes ſont ſouvent appellés *Dieux* dans l'Ecriture, *Eloïm*. Car chez tous les peuples le mot qui répond à celui de *Theos*, *Deus*, *Dieu*, ne ſignifie pas toujours le maître abſolu du ciel & de la terre ; il ſignifie ſouvent être céleſte, être ſuperieur à l'homme, mais dépendant du Souverain de la nature : il eſt même donné quelquefois à des Princes, à des Juges.

Puis donc qu'il eſt vrai, puiſqu'il eſt réel pour nous qu'il y a des ſubſtances céleſtes chargées du ſoin des hommes & des empires, les peuples qui ont admis cette vérité ſans révélation, ſont bien plus dignes d'eſtime que de mépris.

Ce n'eſt donc pas dans le Politéïſme qu'eſt le ridicule ; c'eſt dans l'abus qu'on en fit, c'eſt dans les fables populaires, c'eſt dans la multitude de Divinités impertinentes que chacun ſe forgeait à ſon gré.

La Déeſſe des tetons, *Dea Rumilia* ; la Déeſſe de l'action du mariage, *Dea Pertunda* ; le Dieu de la chaiſe percée, *Deus ſtercutius* ; le Dieu pet, *Deus Crepitus*, ne ſont pas assurément bien vénérables. Ces puérilités, l'amusement des vieilles & des enfans de Rome, servent seulement à prouver que le mot *Deus* avait des acceptions bien différentes. Il est sûr que *Deus Crepitus*, le Dieu pet, ne donnait pas la même idée que *Deus divum & hominum sator*, la source des Dieux & des hommes. Les Pontifes Romains n'admettaient point ces petits magots dont les bonnes femmes remplissaient leurs cabinets. La Religion Romaine était au fond très-sérieuse, très-sévère. Les sermens étaient inviolables. On ne pouvait commencer la guerre sans que le Collège des Féciales l'eût déclarée juste. Une Vestale convaincue d'avoir violé son voeu de virginité était condamnée à mort. Tout cela nous annonce un peuple austere plûtôt qu'un peuple ridicule.

Je me borne ici à prouver que le Sénat ne raisonnait point en imbécille, en adoptant le Politéisme. L'on demande comment ce Sénat, dont deux ou trois députés nous ont donné des fers & des loix, pouvait souffrir tant d'extravagances dans le peuple, & autoriser tant de fables chez les Pontifes? Il ne serait pas difficile de répondre à cette question. Les sages de tout temps se sont servis des fous. On laisse volontiers aux peuples ses lupercales, ses saturnales, pourvû qu'il obéisse; on ne met point à la broche les poulets sacrés qui ont promis la victoire aux armées. Ne soions jamais surpris que les gouvernemens les plus éclairés

ayent

ayent permis les coutumes, les fables les plus insensées. Ces coutumes, ces fables existaient avant que le gouvernement se fût formé; on ne veut point abbatre une ville immense & irréguliére pour la rebâtir au cordeau.

Comment se peut-il faire, dit-on, qu'on ait vû d'un côté tant de philosophie, tant de science, & de l'autre tant de fanatisme? C'est que la science, la philosophie, n'étaient nées qu'un peu avant *Cicéron*, & que le fanatisme occupait la place depuis des siècles. La politique dit alors à la philosophie & au fanatisme, vivons tous trois ensemble comme nous pourrons.

ODE
SUR LA MORT
DE
SON ALTESSE ROYALE
MADAME LA PRINCESSE
DE
BAREITH.

I.

LOrsqu'en des tourbillons de flamme & de fumée,
Cent tonnerres d'airain précédés des éclairs,
De leurs globes brulans renversent une armée,
Quand de guerriers mourans les sillons sont couverts,
Tous ceux qu'épargna la foudre,
Voyant rouler dans la poudre

Leurs compagnons maſſacrés,
Sourds à la pitié timide,
Marchent d'un pas intrépide
Sur leurs membres déchirés.

2.

Ces féroces humains plus durs, plus inflexibles
Que l'acier qui les couvre au milieu des combats,
S'étonnent à la fin de devenir ſenſibles,
D'éprouver la pitié qu'ils ne connaiſſaient pas;
Lorſque la mort en ſilence
D'un pas terrible s'avance
Vers un objet plein d'attraits;
Quand ces yeux, qui dans les ames
Lançaient les plus douces flammes,
Vont s'éteindre pour jamais.

3.

Une Famille entière, interdite, éplorée,
Se preſſe, en gémiſſant vers un lit de douleurs;
La victime l'attend, pâle, défigurée,
Tendant une main faible à ſes amis en pleurs;
Tournant en vain la paupière
Vers un reſte de lumière
Qu'elle gémit de trouver.
Elle préſente ſa tête;

La faulx redoutable eſt prête ;
Et la mort va la lever.

4.

Le coup part, l'ame fuit, c'en eſt fait, il ne reſte
De tant de dons heureux, de tant d'attraits ſi chers,
De ces ſens animés d'une flamme céleſte,
Qu'un cadavre glacé, la pâture des vers.
Ce ſpectacle lamentable,
Cette perte irréparable,
Vous frappe d'un coup plus fort,
Que cent mille funerailles
De ceux, qui dans les batailles
Donnaient & ſouffraient la mort.

5.

O Bareith ! ô vertus ! ô graces adorées !
Femme ſans préjugés, ſans vice & ſans erreur,
Quand la mort t'enleva de ces triſtes contrées,
De ce ſéjour de ſang, de racine & d'horreur ;
Les nations acharnées
De leurs haines forcenées
Suſpendirent les fureurs :
Les diſcordes s'arrêterent ;
Tous les Peuples s'accorderent
A t'honorer de leurs pleurs.

6.

De la douce vertu tel eſt le ſûr empire ;
Telle eſt la digne offrande à tes Mânes ſacrés ;
Vous qui n'êtes que grands, vous qu'un flatteur admire,
Vous traitons-nous ainſi lorſque vous expirez ?
La mort que Dieu vous envoye,
Eſt le ſeul moment de joie
Qui conſole nos eſprits.
Emportez, ames cruelles,
Ou nos haines éternelles,
Ou nos éternels mépris.

7.

Mais toi dont la vertu fut toujours ſecourable,
Toi, dans qui l'héroïſme égala la bonté,
Qui penſais en grand-homme, en Philoſophe aimable,
Qui de ton ſexe enfin n'avais que la beauté :
Si ton inſenſible cendre,
Chez les morts pouvait entendre
Tous ces cris de notre amour,
Tu dirais dans ta penſée,
Les Dieux m'ont récompenſée
Quand ils m'ont ôté le jour.

8.

C'eſt nous, triſtes humains, nous qui ſommes à
plaindre,
Dans nos champs déſolés & ſous nos boulevards,
Condamnés à ſouffrir, condamnés à tout craindre
Des ſerpens de l'envie & des fureurs de Mars.
Les peuples foulés gémiſſent,
Les arts, les vertus périſſent,
On aſſaſſine les Rois:
Tandis que l'on oſe encore
Dans ce ſiècle que j'abhorre
Parler de mœurs & de loix!

9.

Hélas! qui déſormais dans une Cour paiſible,
Retiendra ſagement la ſuperſtition,
Le ſanglant Fanatiſme, & l'Athéiſme horrible,
Enchaînés ſous les pieds de la Religion?
Qui prendra pour ſon modèle
La loi pure & naturelle
Que Dieu grava dans nos cœurs?
Loi ſainte, aujourd'hui proſcrite
Par la fureur hypocrite
D'ignorans perſécuteurs.

10.

Des tranquilles hauteurs de la Philoſophie,
Ta pitié contemplait avec des yeux ſereins
Ces fantômes changeans du ſonge de la vie,
Tant de travaux détruits, tant de projets ſi vains;
Ces factions indociles,
Qui tourmentent dans nos villes
Nos Citoyens obſtinés;
Ces intrigues ſi cruelles,
Qui font des Cours les plus belles
Un ſéjour d'infortunés.

11.

Du temps qui fuit toujours tu fis toujours uſage;
O combien tu plaignais l'infâme oiſiveté
De ces eſprits ſans goût, ſans force & ſans courage,
Qui meurent pleins de jours, & n'ont point exiſté!
La vie eſt dans la penſée.
Si l'ame n'eſt exercée,
Tout ſon pouvoir ſe détruit;
Ce flambeau ſans nourriture
N'a qu'une lueur obſcure
Plus affreuſe que la nuit.

12.

Illuſtres meurtriers, victimes mercénaires,
Qui redoutant la honte & maîtriſant la peur,

L'un par l'autre animés aux combats sanguinaires,
Fuiriez si vous l'osiez, & mourez par honneur :
Une femme, une Princesse,
Dans sa tranquille sagesse,
Du sort dédaignant les coups,
Souffrant ses maux sans se plaindre,
Voyant la mort sans la craindre,
Etait plus brave que vous.

13.

Mais qui célébrera l'amitié courageuse,
Première des vertus, passion des grands cœurs,
Feu sacré dont brûla ton ame généreuse,
Qui s'épurait encor au creuset des malheurs ?
Rougissez, ames communes,
Dont les diverses fortunes
Gouvernent les sentimens,
Frêles vaisseaux sans boussole
Qui tournez au gré d'Eole,
Plus legers que ses enfans.

14.

Cependant elle meurt, & Zoïle respire !
Et des lâches Sejans un lâche imitateur
A la vertu tremblante insulte avec empire,
Et l'hypocrite en paix sourit au délateur !

Le

Le troupeau faible des ſages
Diſperſé par les orages,
Va périr ſans ſucceſſeurs ;
Leurs noms, leurs vertus s'oublient,
Et les enfers multiplient
La race des oppreſſeurs.

15.

Tu ne chanteras plus, ſolitaire Silvandre,
Dans ce palais des arts où les ſons de ta voix
Contre les préjugés oſaient ſe faire entendre,
Et de l'humanité faiſaient parler les droits.
Mais dans ta noble retraite,
Ta voix, loin d'être muette,
Redouble ſes chants vainqueurs,
Sans flatter les faux critiques,
Sans craindre les fanatiques,
Sans chercher des protecteurs.

16.

Vils tyrans des eſprits, vous ſerez mes victimes ;
Je vous verrai pleurer à mes pieds abbatus ;
A la poſtérité je peindrai tous vos crimes,
De ces mâles crayons dont j'ai peint les vertus.
Craignez ma main rafermie :
A l'opprobre, à l'infamie,

Vos noms feront confacrés,
Comme le font à la gloire
Les enfans de la victoire,
Que ma Mufe a célébrés.

LA Princeſſe à qui on a élevé ce monument, en méritait un plus beau, & les monſtres dont on daigne parler à la fin de cet Ode, méritent une punition plus ſévère.

Dans les beaux jours de la littérature, il y avait à la vérité de plats critiques comme aujourd'hui; *Claveret* écrivait contre *Corneille*; *Subligni* & *Viſé* attaquaient toutes les piéces de *Racine*; chaque ſiécle a eu ſes *F*. . . . . Mais on ne vit jamais (que dans nos jours) une troupe infâme de délateurs vomir hardiment leurs impoſtures, & en inventer encore de nouvelles, quand les premières ont été confondues; cabaler inſolemment, en accuſant de cabales les plus paisibles des hommes ; attaquer jusques dans les tribunaux des gens de lettres, dont ils ne peuvent attaquer la gloire ; porter l'audace de la calomnie jusqu'à les accuser de penser en secret tout le contraire de ce qu'ils écrivent en public ; & vouloir rendre odieux par leurs imputations le nom respectable de philosophe.

La manie de ces délations a été poussée au point de dire & d'imprimer, que les philosophes sont dangereux dans un Etat.

Et qui sont ces hardis délateurs ? Tantôt c'est un pédant qui compromet la société dont il est, & qui ose parler de morale, tandis que ses confrères sont accusés & punis d'un parricide. Tantôt c'est le factieux auteur d'une gazette nommée Ecclésiastique, qui pour quelques écus par mois a calomnié les *Buffons*, les *Montesquieu*, jusqu'à un Ministre d'Etat, auteur d'un livre excellent sur une partie du droit public. C'est une troupe d'écrivains affamés, qui se vantent de défendre le Christianisme à quinze sols par tome, & qui accusent d'irréligion le sage & sçavant Auteur des essais sur Paris & qui enfin sont forcés de lui demander pardon.

C'est surtout le misérable auteur d'un libelle intitulé l'*Oracle des Philosophes*, qui prétend avoir été admis à la table d'un homme qu'il n'a jamais vû, & dans l'antichambre duquel il ne serait pas souffert ; qui se vante d'avoir été dans un château lequel n'a jamais existé, & qui pour prix du bon accueil qu'il dit avoir reçu dans cette ſeule maiſon, divulgue les ſecrets qu'il ſuppoſe lui avoir été confiés... Ce poliſſon, nommé G***, ſe donne ainſi lui-même de gayeté de cœur pour un mal-honnête homme. N'ayant point d'honneur à perdre, il ne ſonge qu'à regagner par le débit d'un mauvais libelle, l'argent qu'il a perdu à l'impreſſion de ſes mauvais livres. L'opprobre le couvre, & il ne le ſent pas; il ne ſent que le dépit honteux de n'avoir pû même vendre ſon libelle. C'eſt donc à cet excès de turpitude, qu'on eſt parvenu dans le métier d'écrivain!

Ces valets de Libraires, gens de la lie du peuple, & de la lie des Auteurs, les derniers des écrivains inutiles, & par conſéquent les derniers des hommes, ſont ceux qui ont

attaqué le Roi, l'Etat & l'Eglise dans leurs feuilles scandaleuses écrites en faveur des convulsionnaires. Ils fabriquent leurs impostures, comme les filous commettent leurs larcins, dans les ténèbres de la nuit, changeant continuellement de nom & de demeure, associés à des receleurs, fuyant à tout moment la Justice, & pour comble d'horreur se couvrant du manteau de la Religion, & pour comble de ridicule se persuadant qu'ils rendent service.

Ces deux partis, le Janséniste & le Moliniste, si fameux long-temps dans Paris, & si dédaignés dans l'Europe, fournissent des deux côtés les plumes vénales dont le public est si fatigué; ces champions de la folie, que l'exemple des Sages & les soins paternels du Souverain n'ont pû réprimer, s'acharnent l'un contre l'autre avec toute l'abſurdité de nos ſiécles de barbarie, & tout le rafinement d'un temps également éclairé dans la vertu & dans le crime ; & après s'être ainſi déchirés, ils ſe jettent ſur les philoſophes. Ils attaquent la raiſon comme des brigands réunis volent un honnête homme pour partager ſes dépouilles.

Qu'on me montre dans l'Hiſtoire du Monde entier un Philoſophe qui ait ainſi troublé la paix de ſa patrie ; en eſt-il un ſeul depuis *Confucius* juſqu'à nos jours, qui ait été coupable, je ne dis pas de cette rage de parti & de ces excès monſtrueux, mais de la moindre cabale contre les Puiſſances, ſoit Séculiéres, ſoit Ecléſiaſtiques?

cléſiaſtiques ? Non il n'y en eut jamais, & il n'y en aura point. Un Philoſophe fait ſon premier devoir d'aimer ſon Prince & ſa patrie ; il eſt attaché à ſa Religion, ſans s'élever outrageuſement contre celles des autres Peuples ; il gémit de ces diſputes inſenſées & fatales qui ont coûté autrefois tant de ſang, & qui excitent aujourd'hui tant de haines. Le Fanatique allume la diſcorde, & le Philoſophe l'éteint ; il étudie en paix la nature, il paye gayement les contributions néceſſaires à l'Etat, il regarde ſes Maîtres comme les députés de Dieu ſur la terre, & ſes concitoyens comme ſes frères ; bon mari, bon père, bon maître, il cultive l'amitié ; il ſçait que ſi l'amitié *eſt un beſoin de l'ame*, c'eſt le plus noble befoin des ames les plus belles ; que c'eſt un contract entre les cœurs, contract plus ſacré que s'il était écrit, & qui nous impoſe les obligations les plus cheres ; il eſt perſuadé que les méchans ne peuvent aimer.

Ainſi le Philoſophe fidèle à tous ſes devoirs ſe repoſe ſur l'innocence de ſa vie. S'il eſt pauvre, il rend la pauvreté reſpectable ; s'il eſt riche, il fait de ſes richeſſes un uſage utile à la ſociété. S'il fait des fautes comme tous les hommes en font, il s'en repent & il ſe corrige ; s'il a écrit librement dans ſa jeuneſſe comme *Platon*, il cultive la ſageſſe comme lui dans un âge avancé ; il meurt en pardonnant à ſes ennemis, & en implorant la miſéricorde de l'Etre Suprême.

Qu'il ſoit du ſentiment de *Leib-*

nitz ſur les monades & ſur les indiſcernables, ou du ſentiment de ſes adverſaires ; qu'il admette les idées innées avec *Deſcartes*, ou qu'il voye tout dans le Verbe avec *Mallebranche* ; qu'il croye au plein, qu'il croye au vuide : ces innocentes ſpéculations exercent ſon eſprit, & ne peuvent nuire en aucun tems à aucun homme ; mais plus il eſt éclairé, plus les eſprits contentieux & abſurdes redoutent ſon mépris. Et voilà la ſource ſecrette & véritable de cette perſécution qu'on a ſuſcitée quelquefois aux plus pacifiques & aux plus eſtimables des mortels. Voilà pourquoi les factieux, les entouſiaſtes, les fourbes, les pédants orgueilleux ont ſi ſouvent étourdi le public de leurs clameurs. Ils ont frappé à toutes les portes ; ils ont pénétré chez les personnes les plus respectables, ils les ont séduites ; ils ont animé la vertu même contre la vertu ; & un Sage a été quelquefois tout étonné d'avoir persécuté un Sage.

Quand l'Evêque Irlandais *Barklay* se fut trompé sur le calcul différentiel, & que le célèbre *Jurin* eut confondu son erreur, *Barklay* écrivit que les Géomètres n'étaient pas Chrétiens ; quand *Descartes* eut trouvé de nouvelles preuves de l'existence de Dieu, *Descartes* fut accusé juridiquement d'Athéisme ; dès que ce même Philosophe eut adopté les idées innées, nos Théologiens l'anathématiserent, pour s'être écarté de l'opinion d'*Aristote* & de l'Axiome de l'Ecole : *Que rien n'est dans l'entendement qui n'ait été dans les ſens*. Cinquante ans après, la mode changea ; ils traiterent de Matérialiſtes ceux qui revinrent à l'ancienne opinion d'*Ariſtote* & de l'Ecole.

A peine *Leibnitz* eût-il propoſé ſon Syſtême, rédigé depuis dans la Théodicée, que mille voix crierent qu'il introduiſait le Fataliſme, qu'il renverſait la créance de la chûte de l'homme, qu'il détruiſait les fondemens de la Religion Chrétienne. D'autres Philoſophes ont-ils combattu le Syſtême de *Leibnitz* ? on leur a dit, vous inſultez la Providence.

Lorſque Milord *Shaftsbury* aſſura que l'homme était né avec l'inſtinct de la bienveillance pour ſes ſemblables, on lui imputa de nier le péché originel : d'autres ont-ils écrit que l'homme eſt né avec l'inſtinct de l'amour propre? on leur a reproché de détruire toute vertu.

Ainſi quelque parti qu'ait pris un Philoſophe, il a toujours été en butte à la calomnie, fille de cette jalouſie ſecrette, dont tant d'hommes ſont animés, & que perſonne n'avoue; enfin, de quoi pourra-t-on s'étonner depuis que le Jéſuite *Hardouin* a traité d'Athées les *Paſchals*, les *Nicoles*, les *Arnauds* & les *Mallebranches*?

Qu'on faſſe ici une réflexion. Les Romains, ce Peuple le plus religieux de la Terre, nos vainqueurs, nos maîtres, & nos légiſlateurs, ne connurent jamais la fureur abſurde qui nous dévore; il n'y a pas dans l'Hiſtoire Romaine un ſeul exemple d'un Citoyen Romain, opprimé pour ſes opinions ; & nous, ſortis à peine de la barbarie, nous avons commencé à nous acharner les uns contre les autres, dès que nous avons appris, je ne dis pas à penſer, mais à balbutier les penſées des Anciens. Enfin depuis les combats des Réaliſtes & des Nominaux, depuis *Ramus* aſſaſſiné par les écoliers de l'Univerſité de Paris pour venger *Ariſtote*, juſqu'à *Galilée* emprisonné, & juſqu'à *Deſcartes* banni d'une Ville Batave, il y a de quoi gémir ſur les hommes, & de quoi déterminer à les fuir.

Ces coups ne paraiſſent d'abord tomber que ſur un petit nombre de Sages obſcurs, dédaignés ou écraſés pendant leur vie, par ceux qui ont

un

acheté des dignités à prix d'or ou à prix d'honneur. Mais il est trop certain que si vous rétrécissez le génie, vous abatardissez bientôt une Nation entiere. Qu'était l'Angleterre avant la Reine *Elisabeth*, dans le tems qu'on employait l'autorité sur la prononciation de l'*Epsilon* ? L'Angleterre était alors la dernière des Nations policées en fait d'Arts utiles & agréables, sans aucun bon livre, sans Manufactures, négligeant jusqu'à l'Agriculture, & très-faible même dans sa Marine : mais dès qu'on laissa un libre essor au génie, les Anglais eurent des *Spenser*, des *Shakespear*, des *Bacons*, & enfin des *Lokes* & des *Newtons*.

On sçait que tous les Arts sont freres, que chacun d'eux en éclaire un autre, & qu'il en résulte une lumière universelle. C'est par ces mutuels secours que le génie de l'invention s'est communiqué de proche en proche; c'est par-là qu'enfin la Philosophie a secouru la Politique, en donnant de nouvelles vûes pour les Manufactures, pour les Finances, pour la construction des vaisseaux. C'est par-là que les Anglais sont parvenus à mieux cultiver la terre qu'aucune Nation, & à s'enrichir par la science de l'Agriculture comme par celle de la Marine; le même génie entreprenant & persévérant, qui leur fait fabriquer des draps plus forts que les nôtres, leur fait écrire aussi des livres de Philosophie plus profonds. La devise du célèbre Ministre d'Etat *Walpole, fari quæ sentiat*, est la devife des Philofophes Anglais. Ils marchent plus ferme & plus loin que nous dans la même carrière ; ils creufent à cent pieds le fol que nous effleurons. Il y a tel livre Français qui nous étonne par fa hardieffe, & qui paraîtrait écrit avec timidité, s'il était confronté avec ce que vingt Auteurs Anglais ont écrit fur le même fujet.

Pourquoi l'Italie, la mère des Arts, de qui nous avons appris à lire, a-t-elle langui près de deux cens ans dans une décadence déplorable ? C'eft qu'il n'a pas été permis jufqu'à nos jours à un Philofophe Italien d'ofer regarder la vérité à travers fon Télefcope ; de dire, par exemple, que le Soleil eft au centre de notre Monde, & que le bled ne pourrit point dans la terre pour y germer. Les Italiens ont dégénéré jusqu'au temps de *Muratori*, & de ses illustres contemporains. Ces Peuples ingénieux ont craint de penser ; les Français n'ont osé penser qu'à demi, & les Anglais qui ont volé jusqu'au Ciel, parce qu'on ne leur a point coupé les aîles, sont devenus les Précepteurs des Nations. Nous leur devons tout, depuis les Loix primitives de la gravitation, depuis le calcul de l'infini, & la connaissance précise de la lumière, si vainement combattues, jusqu'à la nouvelle charrue, & à l'insertion de la petite vérole, combattues encore.

Il faudrait sçavoir un peu mieux distinguer le dangereux & l'utile, la licence & la sage liberté, abandonner l'Ecole à ſon ridicule, & reſpecter la raiſon. Il a été plus facile aux Erules, aux Vandales, aux Goths & aux Francs, d'empêcher la raiſon de naître, qu'il ne le ſerait aujourd'hui de lui ôter ſa force quand elle eſt née. Cette raiſon épurée, ſoumiſe à la Religion & à la Loi, éclaire enfin ceux qui abuſent de l'une & de l'autre; elle pénètre lentement, mais ſurement; & au bout d'un demi ſiécle une Nation eſt ſurpriſe de ne plus reſſembler à ſes barbares ancêtres.

Peuple nourri dans l'oiſiveté & dans l'ignorance, Peuple ſi aiſé à enflammer, & ſi difficile à inſtruire, qui courez des farces du Cimetière de *Saint Médard* aux farçes de la Foire, qui vous paſſionnez tantôt pour un *Queſnel*, & tantôt pour une Actrice de la Comédie Italienne, qui élevez une ſtatue en un jour, & le lendemain la couvrez de bouë ; Peuple qui danſez & chantez en murmurant, ſçachez que vous vous ſeriez égorgés ſur la tombe du Diacre ou ſous-Diacre *Pâris*, & dans vingt autres occaſions auſſi belles, ſi les Philoſophes n'avaient depuis environ ſoixante ans adouci un peu les mœurs en éclairant les eſprits par degrés ; ſçachez que ce ſont eux (& eux ſeuls) qui ont éteint enfin les buchers, & détruit les échafauts où l'on immolait autrefois & le Prêtre *Jean Hus*, & le Moine *Savonarole*, & le Chancelier *Thomas Morus*, & le Conſeiller *Anne du Bourg*, & le Médecin *Michel Servet*, & l'Avocat général de Hollande *Barneveldt*, & tant d'autres, dont les noms ſeuls feraient un immenſe volume : regiſtre ſanglant de la plus infernale ſuperſtition, & de la plus abominable démence.

FIN.

www.ingramcontent.com/pod-product-compliance
Ingram Content Group UK Ltd.
Pitfield, Milton Keynes, MK11 3LW, UK
UKHW021556260726
13993UKWH00002B/867